ZZZ

La hora de dormir debería ser un momento de descanso y relajación para los niños, pero para muchos, se convierte en una fuente de ansiedad y estrés. Esta ansiedad nocturna puede afectar tanto a los niños como a sus familias, provocando noches sin dormir y días llenos de cansancio.

Posibles causas de la ansiedad nocturna:

- **Miedos y Pesadillas:** Los miedos nocturnos son comunes en los niños. El miedo a la oscuridad, a los monstruos imaginarios o a quedarse solos puede generar una gran ansiedad.
Las pesadillas recurrentes también pueden hacer que los niños teman ir a dormir.

- **Separación de los padres:** La ansiedad por separación es frecuente en los niños más pequeños. El hecho de separarse de sus padres al ir a dormir puede ser una experiencia angustiante.

- **Estrés y cambios en la rutina:** Los cambios significativos en la vida de un niño, como mudarse, cambiar de escuela, o la llegada de un nuevo hermano, pueden incrementar los niveles de estrés y ansiedad, especialmente a la hora de dormir.

- **Exposición a contenidos inapropiados:** El acceso a contenido inadecuado para su edad en la televisión, Internet o videojuegos puede causar ansiedad y miedos nocturnos en los niños.

Estrategias para manejar la ansiedad nocturna:

- **Establecer una rutina consistente:** Una rutina regular y calmada antes de dormir puede ayudar a los niños a sentirse más seguros y relajados.

- **Crear un entorno seguro y acogedor:** Asegúrate de que el dormitorio de tu hijo sea un lugar cómodo y seguro. Utiliza luces nocturnas si tiene miedo a la oscuridad y permite que tengan un objeto reconfortante, como un peluche o una manta especial.

- **Fomentar la relajación:** Enseña a tu hijo técnicas de relajación como la respiración profunda o la visualización de lugares tranquilos.

- **Limitar el uso de pantallas:** Establece límites claros para el uso de dispositivos electrónicos antes de dormir.

- **Comunicación abierta:** Habla con tu hijo sobre sus miedos y preocupaciones. Escuchar y validar sus sentimientos puede ayudar a reducir la ansiedad.

Con paciencia, apoyo y las herramientas correctas, puedes ayudar a tu hijo a superar sus miedos y a disfrutar de noches tranquilas y reparadoras.

Por Olga Sesé,
primera coach del sueño infantil y fundadora de BabyREM.

Disney · PIXAR
DEL REVÉS 2 (INSIDE OUT 2)

¡BUENAS NOCHES, ANSIEDAD!

Escrito por Luna Chi
Ilustrado por Gurihiru

cliper

¡Era la hora de dormir en la Central!

Mientras Riley dormía, sus emociones se estaban preparando para irse a la cama. Ellas también necesitaban recargar las pilas para afrontar otro día de diversión.

Alegría se cepilló los dientes para tener una sonrisa deslumbrante.

Tristeza arropó a sus peluches.

Ira hizo algo de ejercicio para descansar bien por la noche.

Y Miedo siempre tenía una lamparita encendida (o nueve).

Incluso las nuevas emociones de Riley tenían sus propias rutinas antes de dormir. **Envidia** quería verse bonita y descansada para el día siguiente. El pijama cómodo de **Vergüenza** la mantenía calentita y segura, mientras **Ennui** miraba aburrida su teléfono.

Ahora que todo el mundo estaba listo, ¡era la hora de irse a dormir! Alegría se metió contenta en la cama.

Estaba a punto de quedarse dormida cuando...

Un alboroto en la Central
los sobresaltó
y los despertó.

Alegría corrió hacia el ruido. Se suponía que Asco estaba de guardia en la consola.

¿Qué podría haber pasado?

¡Era **Ansiedad**!

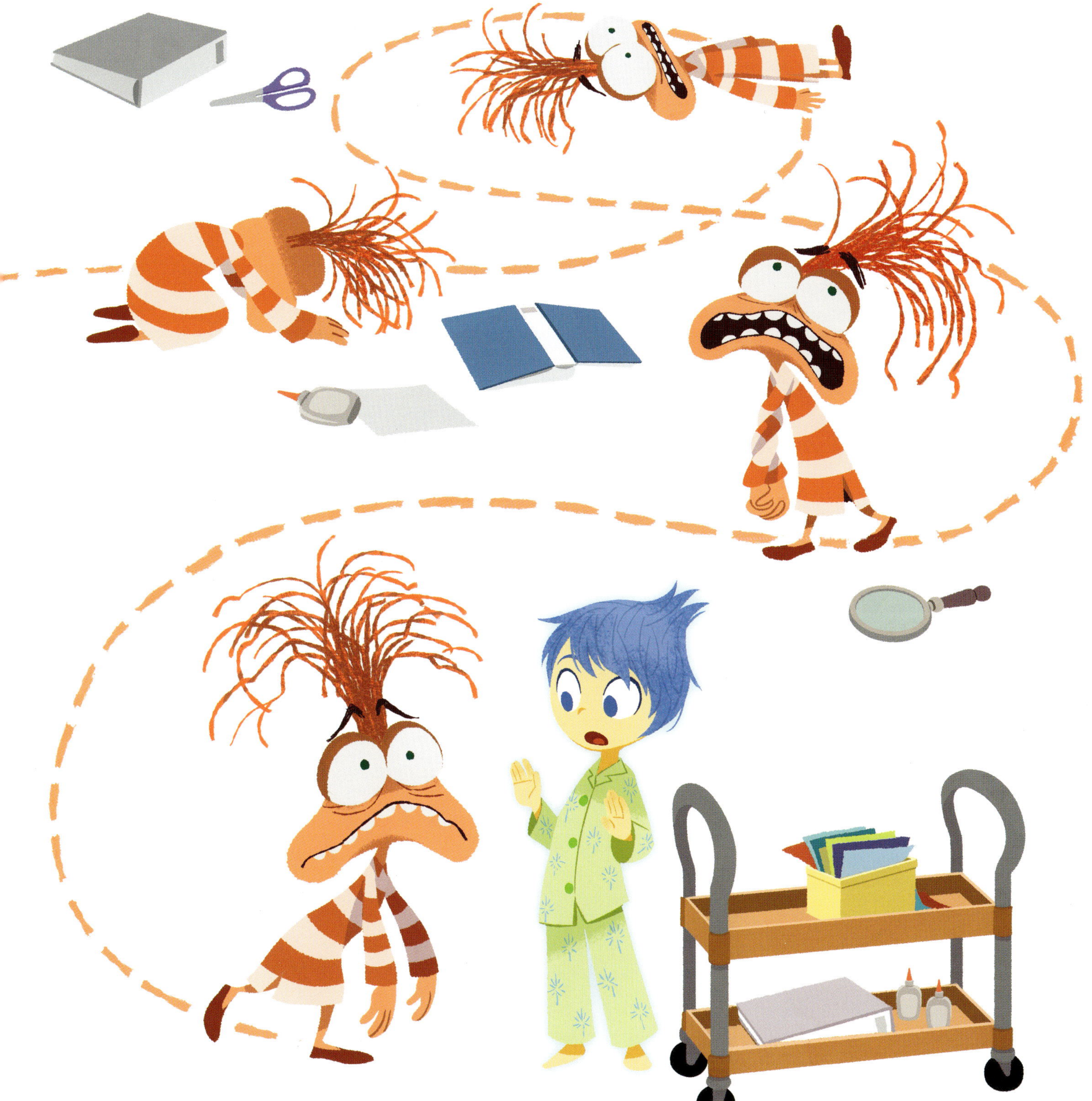

Se paseaba de un lado a otro, se preocupaba, garabateaba y se preocupaba un poco más.

Ansiedad no respondía a nadie. Ira sacó el megáfono. Él y Alegría se acercaron…

Al fin, levantó la mirada.

—¿Qué pasa? —preguntó Alegría.

Ansiedad dejó escapar un gran suspiro.

—No puedo dormir.

—¡Pero *tienes* que irte a dormir! —refunfuñó Envidia—. Necesito mis doce horas de descanso si quiero verme igual de bien que Asco.

—¡Lo intento! —dijo Ansiedad—. Pero doy vueltas a mis preocupaciones en la cabeza… ¡y luego me preocupo porque no estoy durmiendo!

Sus amigos estaban listos para ayudar. Ira sugirió hacer dominadas. —Veinte repeticiones te mantienen furioso, en forma y listo para ir a dormir.

Asco le ofreció su difusor de aromas. —¡Es de menta!

Miedo le llevó su lamparita de noche favorita.
—¡Así no tendrás miedo por la noche!

Ennui, a quien nada le importaba mucho, siguió mirando su teléfono. —¿Quién necesita dormir de todas formas?

Vergüenza se acercó a Ansiedad y le dio un blandito abrazo de oso, pero Envidia también quería uno.

Tristeza empezó a leer lentamente uno de los Manuales Mentales. Mientras que eso dormía a los demás, Ansiedad seguía muy despierta.

Alegría cerró rápidamente el libro. —Creo que tengo una idea.

Alegría sabía que a Ansiedad le encantaban las listas y contar.

—¿Por qué no intentamos meditar? ¿Puedes decirme cinco cosas por las que estés agradecida hoy?

Ansiedad miró a todos a su alrededor. Intentó pensar más rápido, pero todo lo que le salió fue...

¡NO LO SÉ!
¡NO LO SÉ!
¡NO LO SÉ!
¡NO LO SÉ!
¡NO LO SÉ!

Necesitaban una idea nueva. Alegría cogió un trozo de papel del carrito.

Se sentó en la mesa y empezó a trabajar frenéticamente.

¡Hizo una figurita de origami de ella misma!

—A veces, cuando mi mente está agitada y tengo demasiados pensamientos a la vez, trabajar con mis manos me ayuda a sentirme mejor.

Ansiedad se inclinó para verlo bien.

—¿A lo mejor te ayuda a ti también? —Alegría preguntó.

Ansiedad se puso a trabajar.

Unos cientos de pliegues después…

… ¡por fin había terminado! Ansiedad enseñó su pequeña figura de origami y las emociones la animaron.

Pero, de repente, los ojos de Ansiedad se llenaron de lágrimas.

—¡Mirad qué delicada es! ¡Podría ser *aplastada*!

Empezó a ponerse ansiosa otra vez.

— No, no, no. Estará bien —Alegría se sorprendió.
— Tienes razón. Eso *podría* pasar —dijo Tristeza y le dio palmaditas suaves a Ansiedad en la espalda.

Ansiedad dejó de entrar en pánico para poder pensar.

—Creo que tendría que tirarla a la basura.

—Pero podría construir otra. A lo mejor con papel más grueso.

—Y podría arreglar los errores que he cometido hoy — Ansiedad sonrió—. Gracias, Tristeza. Me siento mejor cuando tengo un plan.

Ansiedad bostezó fuertemente.

—A lo mejor podría hacer figuritas de origami de Riley, y Mamá, y Papá también...

Le empezaban a pesar los ojos, pero siguió plegando el papel. Asco volvió a la consola mientras las otras emociones se fueron a la cama.

Todos estaban listos para irse a dormir.
—¡Luces fuera! —dijo Alegría una vez más.

Por fin, todo estaba bien. Las emociones estaban cómodas en sus camas, soñando tranquilamente sobre el día que estaba a punto de empezar.

Para Paolo.
Con quien siempre he tenido una buena relación.
— LC

Papel certificado por el Forest Stewardship Council®

MIXTO
Papel | Apoyando la silvicultura responsable
FSC® C117695
FSC
www.fsc.org

Penguin Random House Grupo Editorial

Primera edición: noviembre de 024

Travessera de Gràcia, 47-49. 08021 Barcelona

Printed in Spain – Impreso en España

ISBN: 978-84-19487-33-9
Depósito legal: B-16137-2024

Compuesto en LimboStudio
Impreso en Gráficas 94, S.L.
Sant Quirze del Vallès (Barcelona)

DS87339